어느 날, 인형은 잠에서 깨어났어요.

침대에서 일어나 화장대 앞으로 걸어 갔어요.

거울에 자신의 모습을 비추어 보며 볼을 쓰다듬 쓰다듬 문질렀어요.

계단을 총총총 내려와 냉장고 문을 열어

케이크를 꺼내 꿀꺽 삼켰어요.

그리고, 부엌을 지나 거실로 들어와 소파에 털썩 앉았어요.

소파에 푸욱 몸을 기대고 있을 때, 누군가 부르는 소리가 들렸어요.
"얘! 너 뭐하니?"

유진은 깜짝 놀라 뒤를 돌아보았어요.
세 명의 여자 아이들이
궁금한 표정으로 유신을 바라보고 있었어요.
"그 상자는 뭐야?"

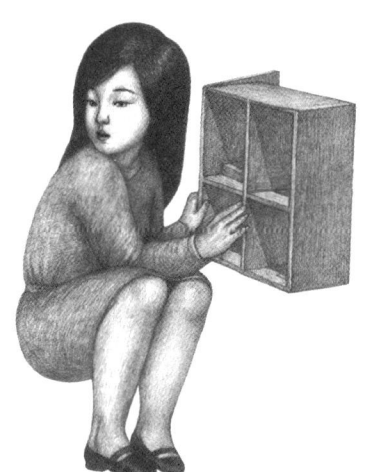

그 순간, 유진은 자신의 인형 상자가 부끄러웠어요.
급히 인형 상자의 문을 닫았어요.

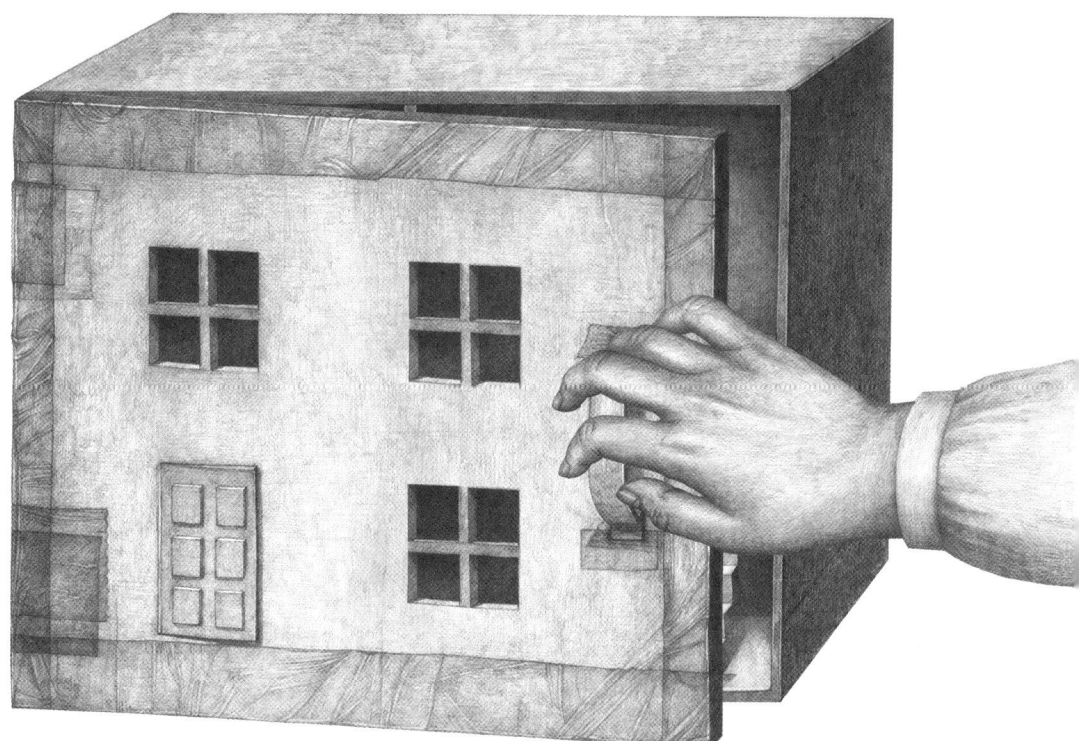

"아무 것도 아냐."
유진은 들릴 듯 말 듯한 목소리로 말했고,
아이들은 발길을 돌려 그 자리를 떠났어요.

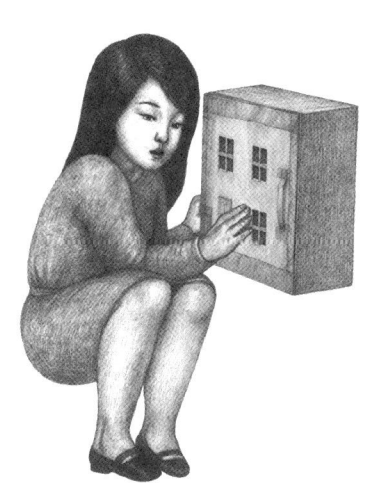

나의 작은 인형 상자

글·그림 정유미

유진은 한참 동안 생각에 잠겨 있었어요. 그러다 나지막이 말했어요.

"너 같이 가지 않을래?"

한 소녀가 이불 밖으로 빼꼼히 얼굴을 내밀었어요.

"난 이 집에서 나갈래. 너도 같이 가지 않을래?" 유진은 소녀에게 말했어요.

"난 여기가 좋아. 이곳은 따뜻하고 아늑해."

소녀는 이불 속으로 쏘옥 빨려 들어가며 말했어요.

유진은 물끄러미 자신의 발을 바라봤어요.

"나는 좀 더 많은 걸 느끼고 싶어."

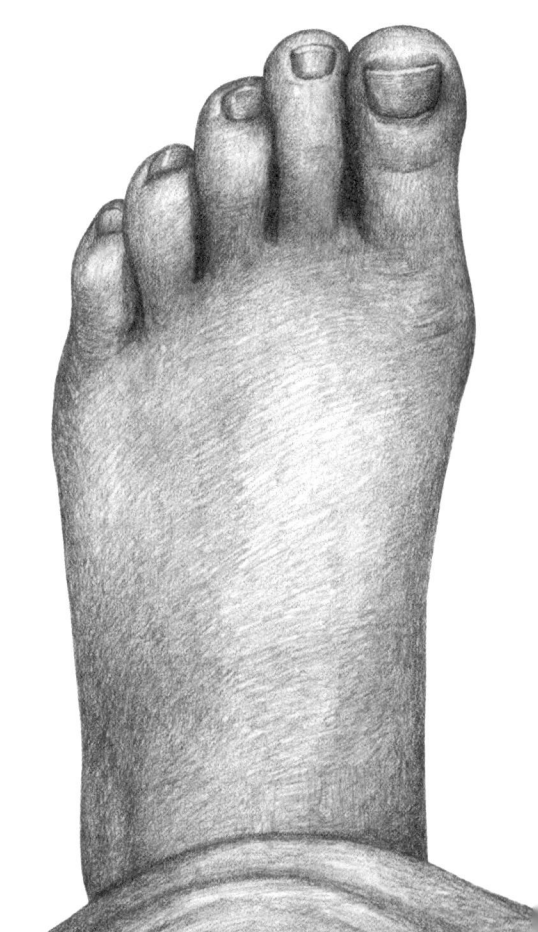

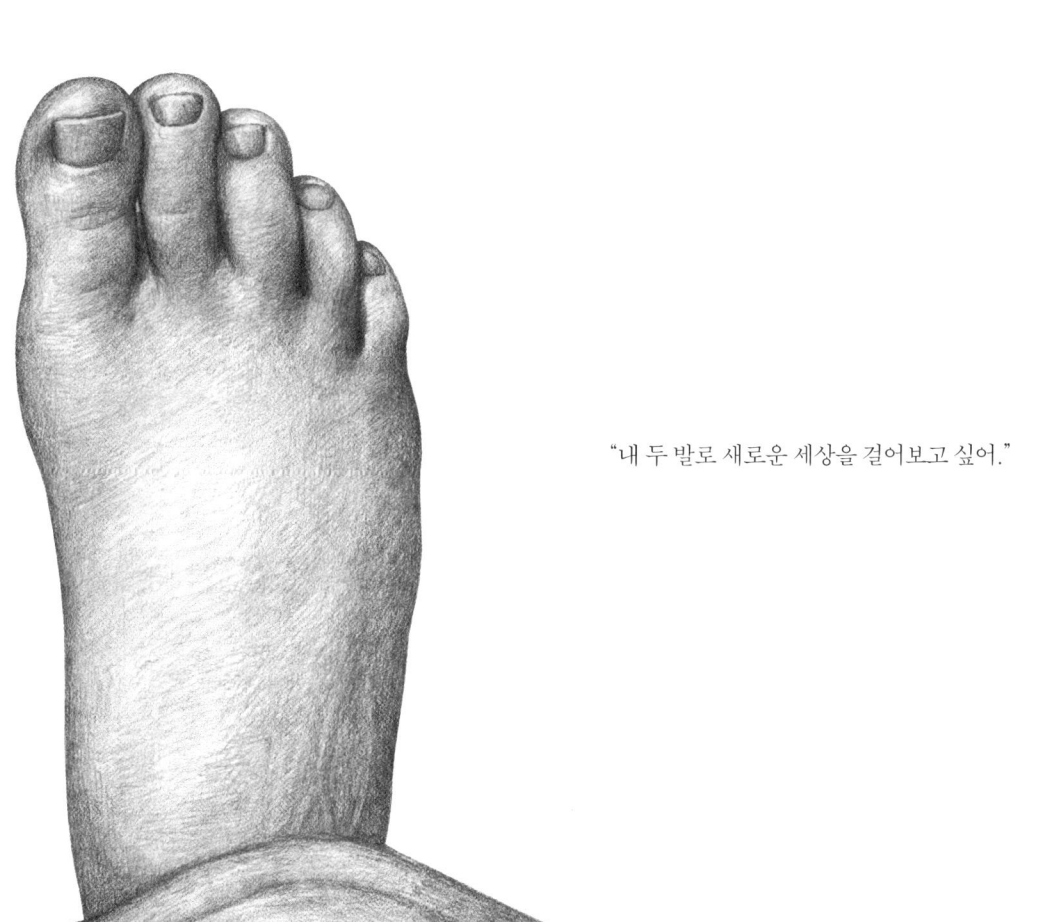

"내 두 발로 새로운 세상을 걸어보고 싶어."

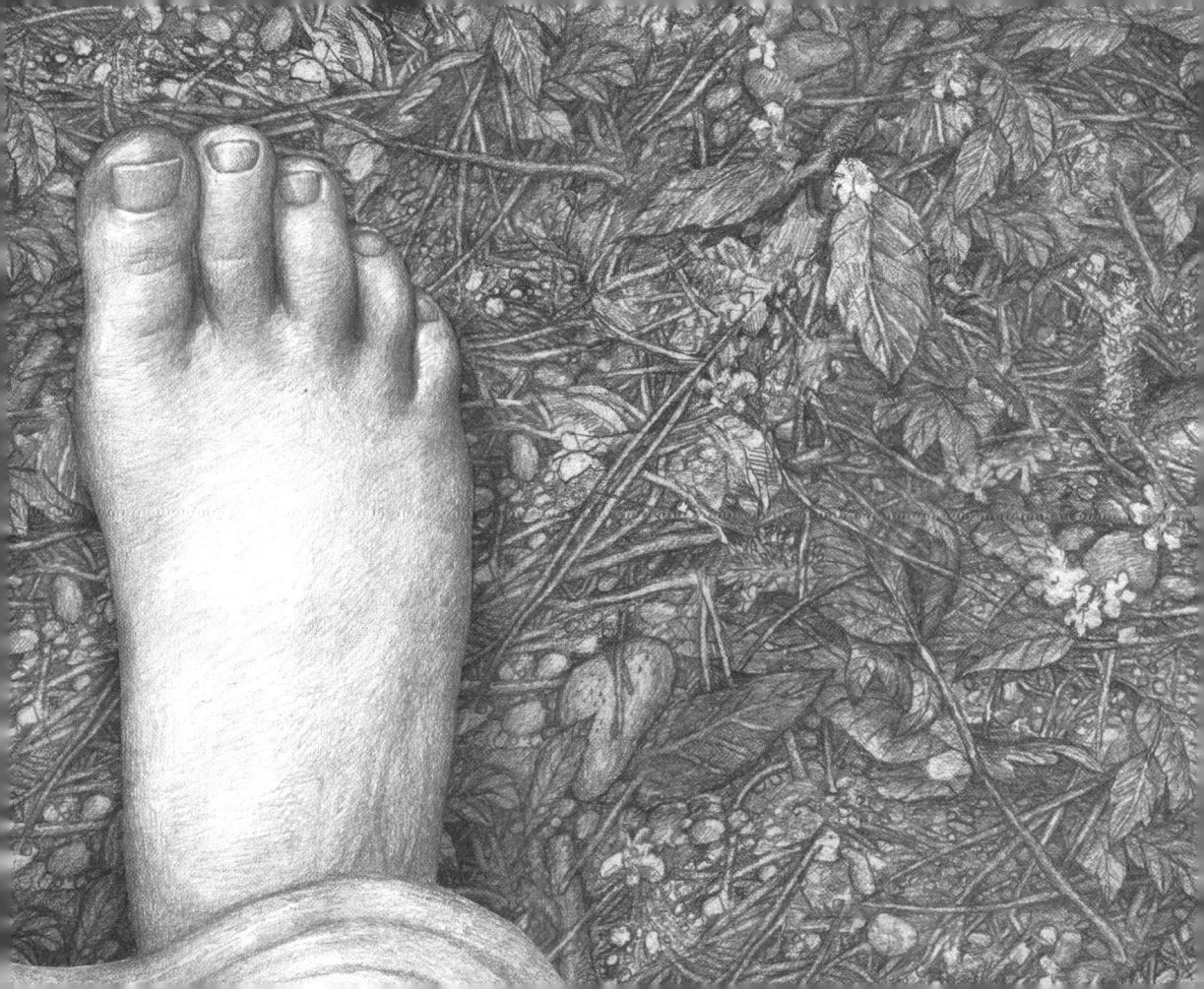

이불 속으로 들어갔던 소녀의 얼굴이 다시 위로 올라왔어요.

그 모습은 이불 속 소녀가 아니라 유진이었어요.

침대 위에는 유진 혼자 누워 있었어요.

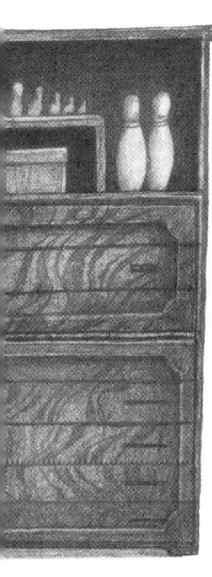

유진은 침대에서 일어나 옷장 앞으로 걸어갔어요.

옷장 속에서 마음에 드는 옷을 고르고,
가방에는 소중한 물건들을 넣었어요.

떠날 준비를 마친 유진은 방문 앞으로 걸어가,

슬며시 문을 열어 보았어요.

화장대 앞에 한 여자가 앉아 있었어요.

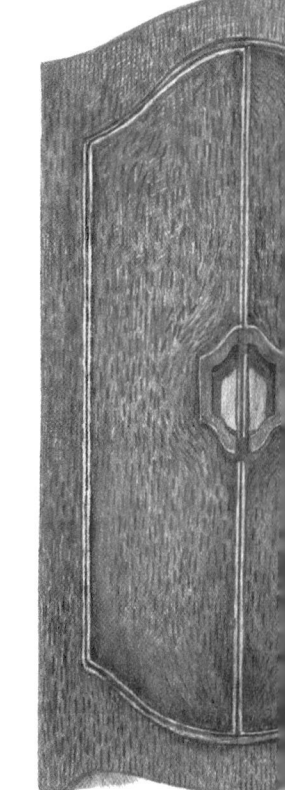

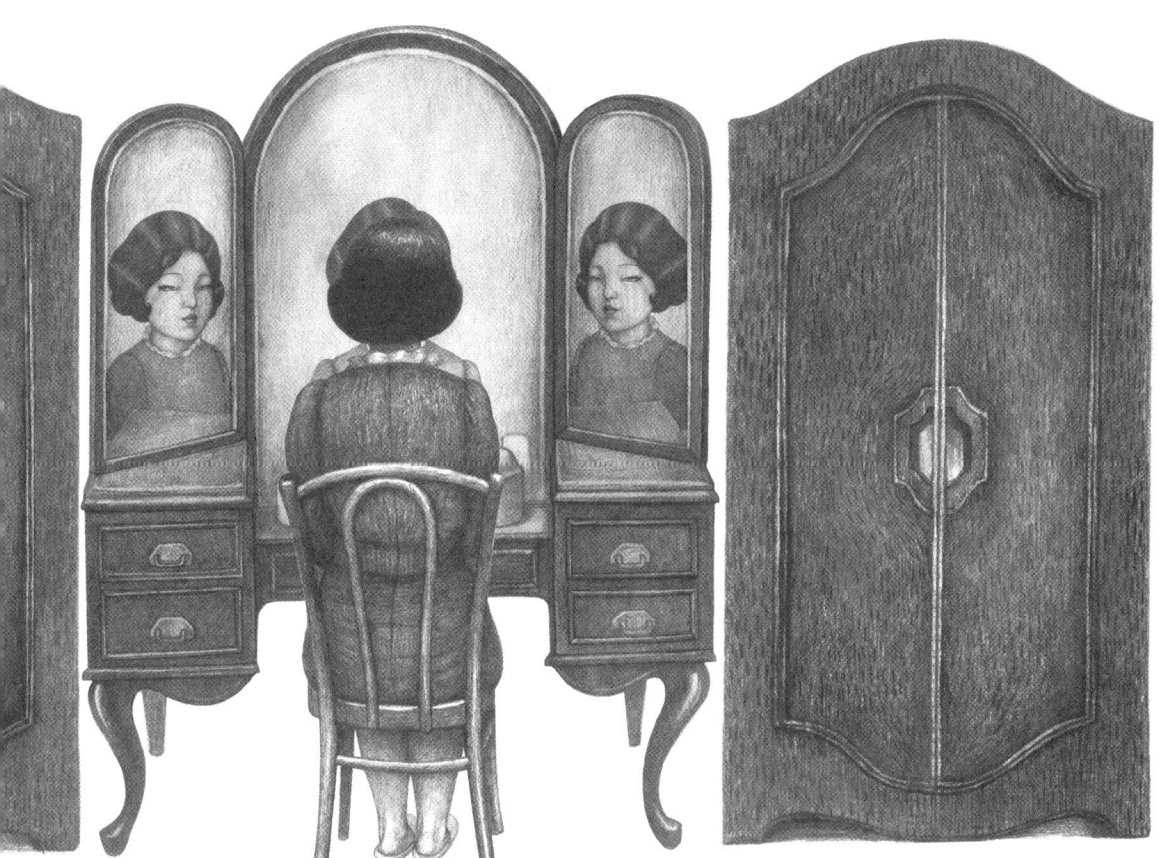

여자는 고개를 돌리며 말했어요.

"너 어디 가니?"

"응. 밖에 나가려고."
"이리 와봐. 예쁘게 하고 가야 사람들이 널 좋아하지~"

"너도 같이 가지 않을래?" 유진은 그녀에게 물었어요.

"아니. 난 지금 못 가.
매일 매일 거울을 보며 준비하지만, 뭔가 부족해 보여.
그걸 찾고 완벽해지면, 그때 나갈 거야."

그녀의 모습이 유진에게는 고단해 보였어요.

유진은 살포시 그녀의 눈을 가렸어요.
"넌 지금 그대로의 모습으로도 충분히 예뻐."
그녀는 눈을 감은 채 유진의 따스한 손의 온기를 느꼈어요.
마음이 점점 편안해졌어요.

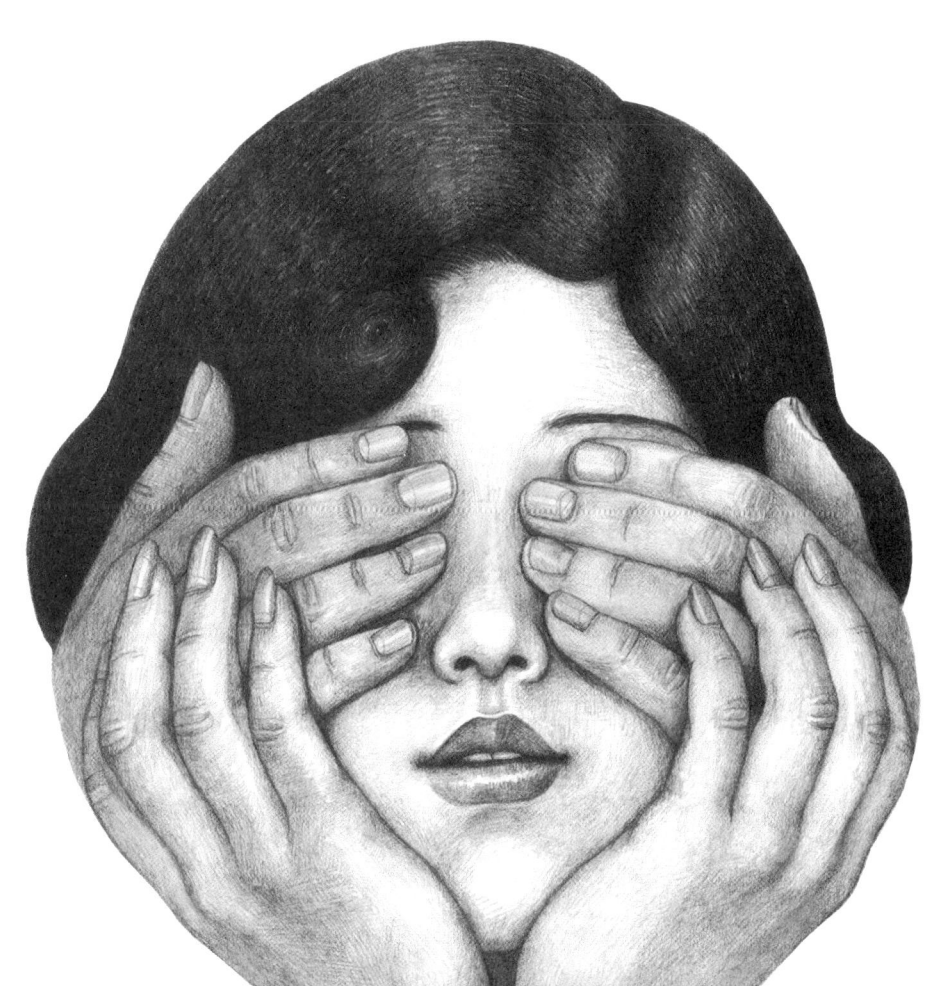

잠시 후, 눈을 가렸던 손을 떼자 거울 속에는 유진의 모습이 보였어요.

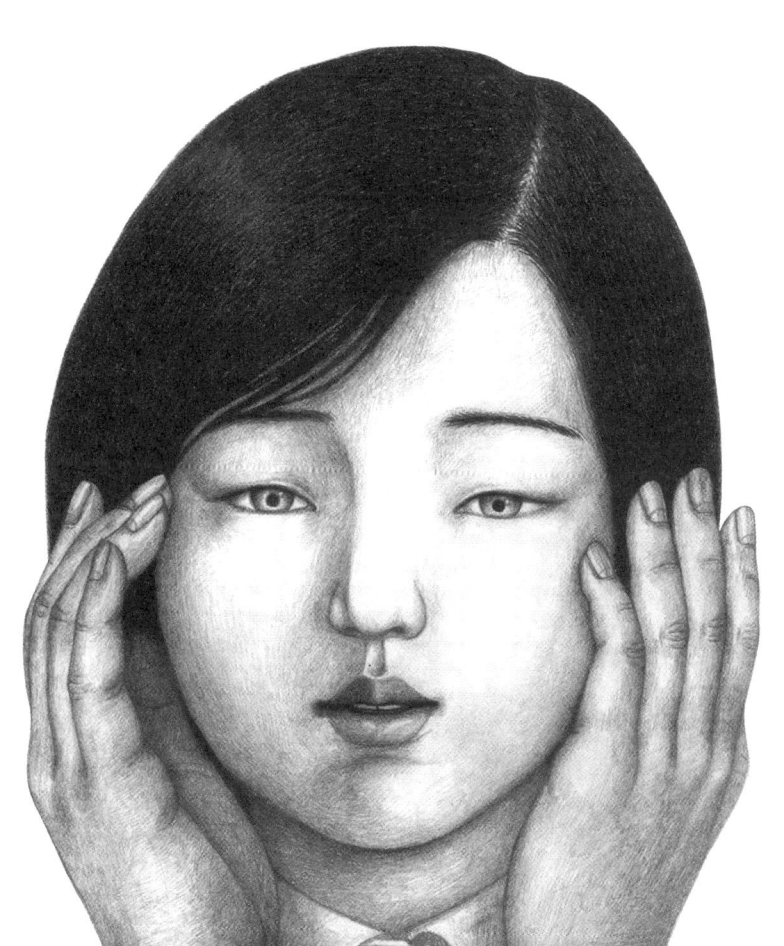

화장대 앞에는 유진 혼자 앉아 있었어요.

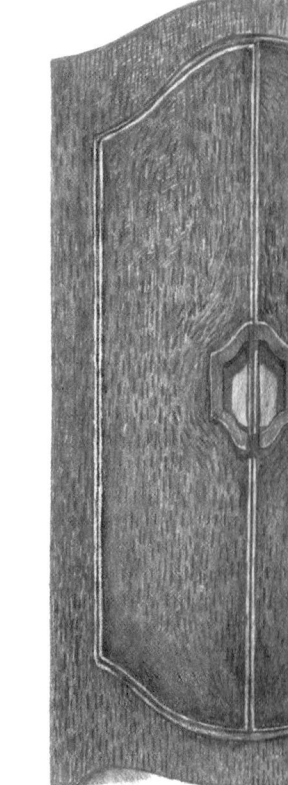

유진은 아래층으로 내려가는 통로의 문을 열고,

계단을 내려와 부엌으로 향했어요.

부엌에는 한 여인이 달그닥거리며 설거지를 하고 있었어요.
여인은 인기척을 느끼고 물었어요.
"너 어디 가니?"
"밖으로 나가는 길이야."
"차 한 잔 마시고 가렴."

여인은 따뜻한 차와 케이크를 내어 주었어요.

유진은 케이크를 맛있게 먹으며 여인에게 말했어요.
"나랑 같이 가지 않을래?"

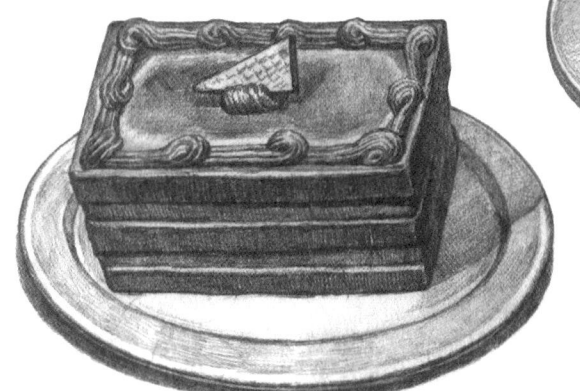

"아니. 난 못 가.
난 아직 가진 게 부족해.
좀 더 쌓고 풍족해지면 그 때, 나갈 거야."

"지금 내가 움직이면 모든 게 무너질지도 몰라."

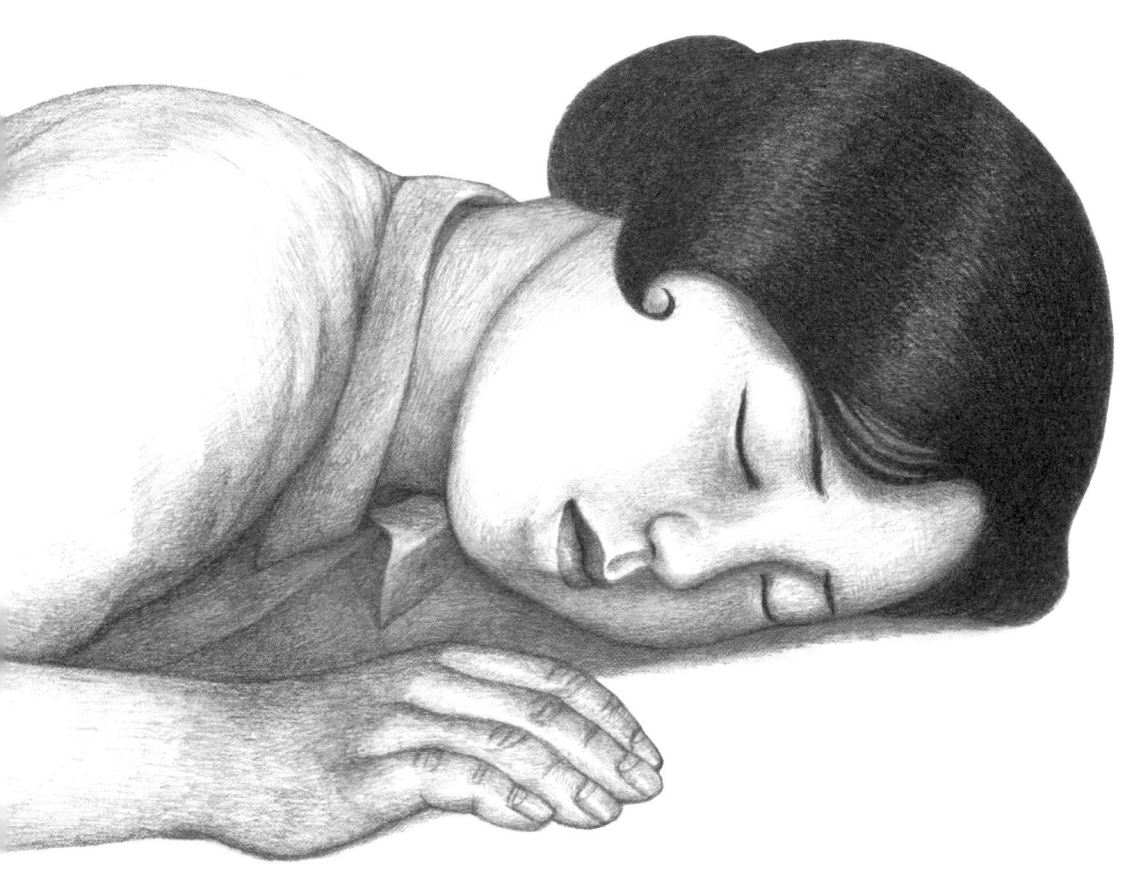

여인은 차가운 냉장고 바닥에 웅크리고 있었어요.

유진은 여인의 차가운 손을 따뜻하게 감싸주었어요.

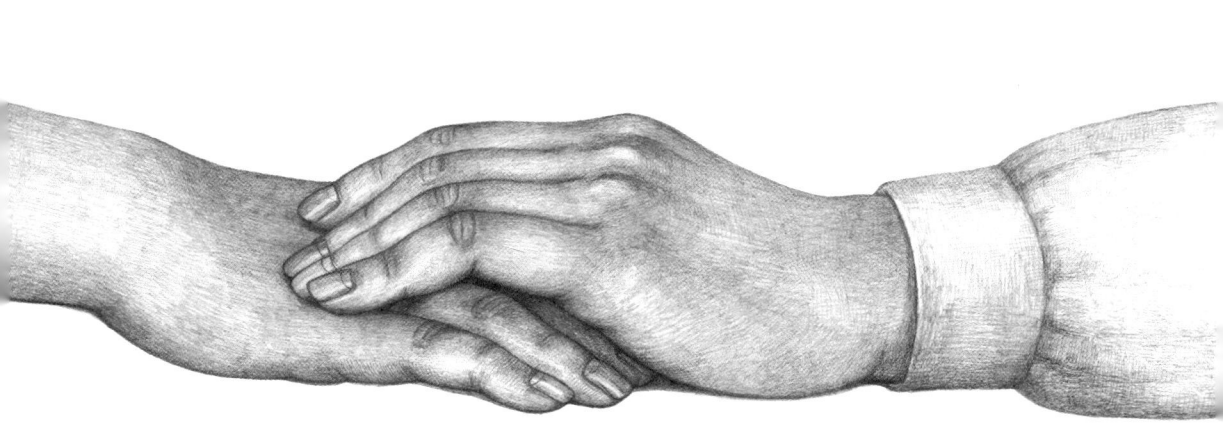

그리고, 여인에게 따뜻한 차를 권했어요.

여인은 천천히 차를 마셨어요.
차의 온기가 차가웠던 그녀의 몸과 마음을 녹여 주었어요.

빈 잔을 내려놓자 유진의 모습이 보였어요.

식탁에는 유진 혼자 앉아 있었어요.

유진이 커튼을 걷고 부엌 밖으로 나가자,

드디어 밖으로 나가는 현관 문이 보였어요.
그때, 거실 쪽에서 누군가 유진을 불렀어요.

"너 어디 가니?"
유진이 돌아보니 소파에 한 남자가 앉아 있었어요.
"밖으로 나가는 길이야."

"너가 잘 모르는 모양인데,

세상은 너가 생각하는 것처럼 그렇게 만만하지 않아."

"이 문 밖을 나가면……"

"마냥 자유롭고 평화로울 것 같지?"

"그러다 귀여운 친구도 만나고……"

"그런데, 그 친구가 갑자기 사납게 돌변해 널 물지도 몰라."

"난 그런 세상이 너무 두려워."
유진은 잔뜩 웅크린 남자에게 다정하게 말했어요.
"너무 걱정하지 마."

"모두 머릿속 두려움일 뿐이야. 괜찮을 거야."

유진은 가방에서 사탕을 꺼내 그에게 건넸어요.

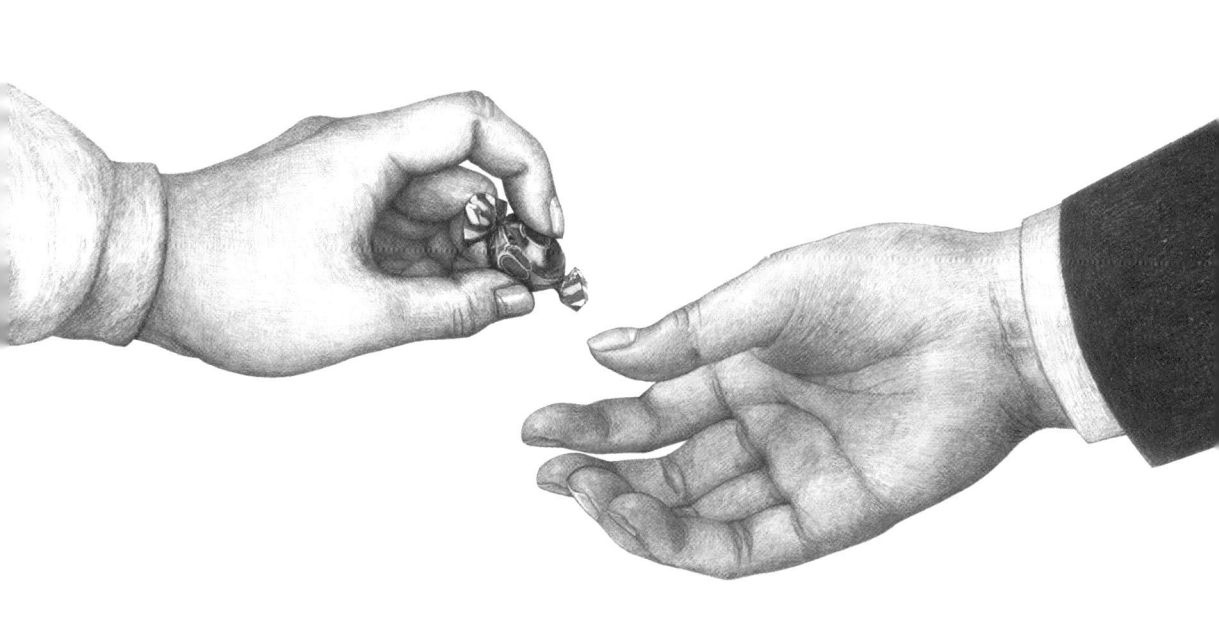

사탕이 입 안에서 녹아 사라지듯 그의 불안한 마음도 서서히 사라져 갔어요.

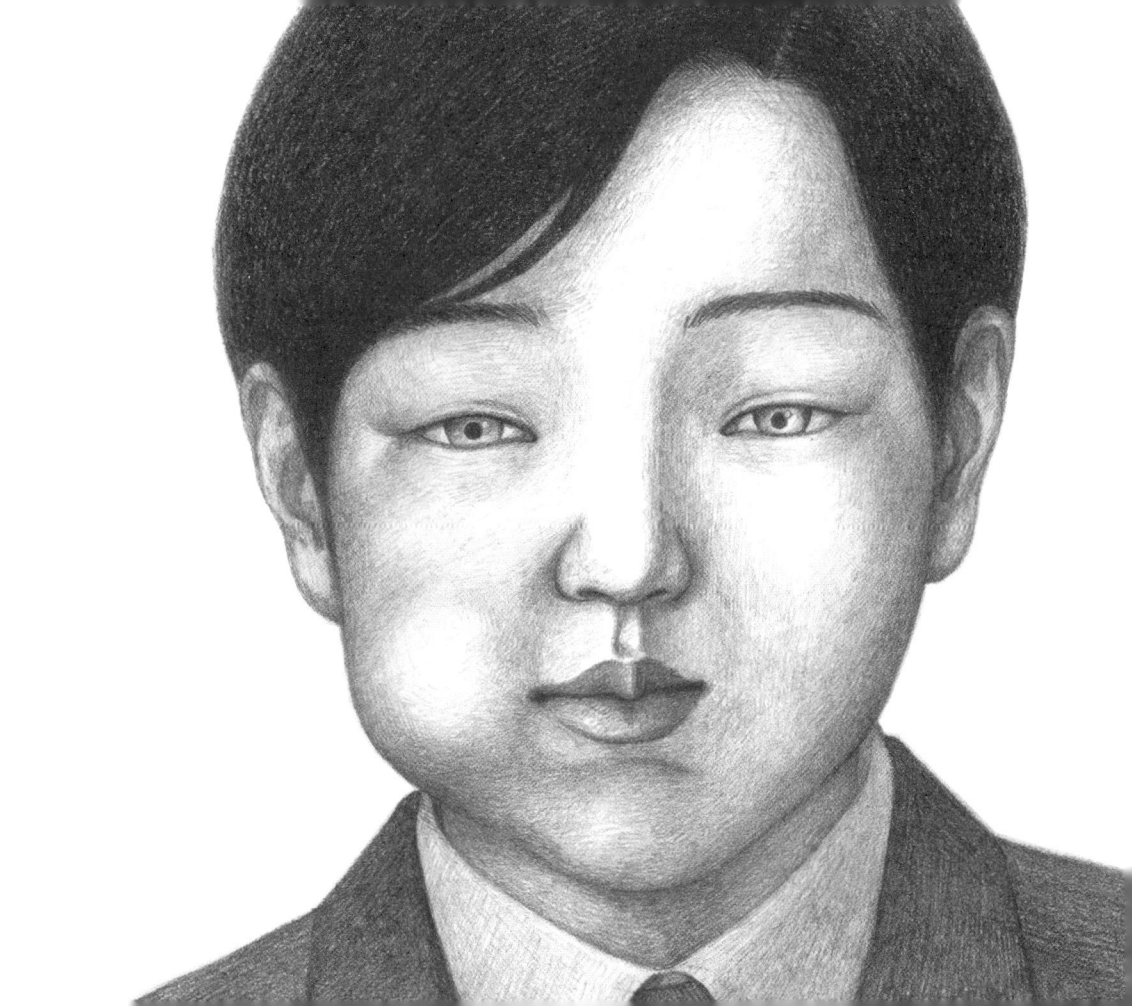

사탕이 다 녹았을 즈음에
유진 혼자 거실 소파에 앉아 있었어요.

유진은 현관으로 걸어가 신발을 신었고,

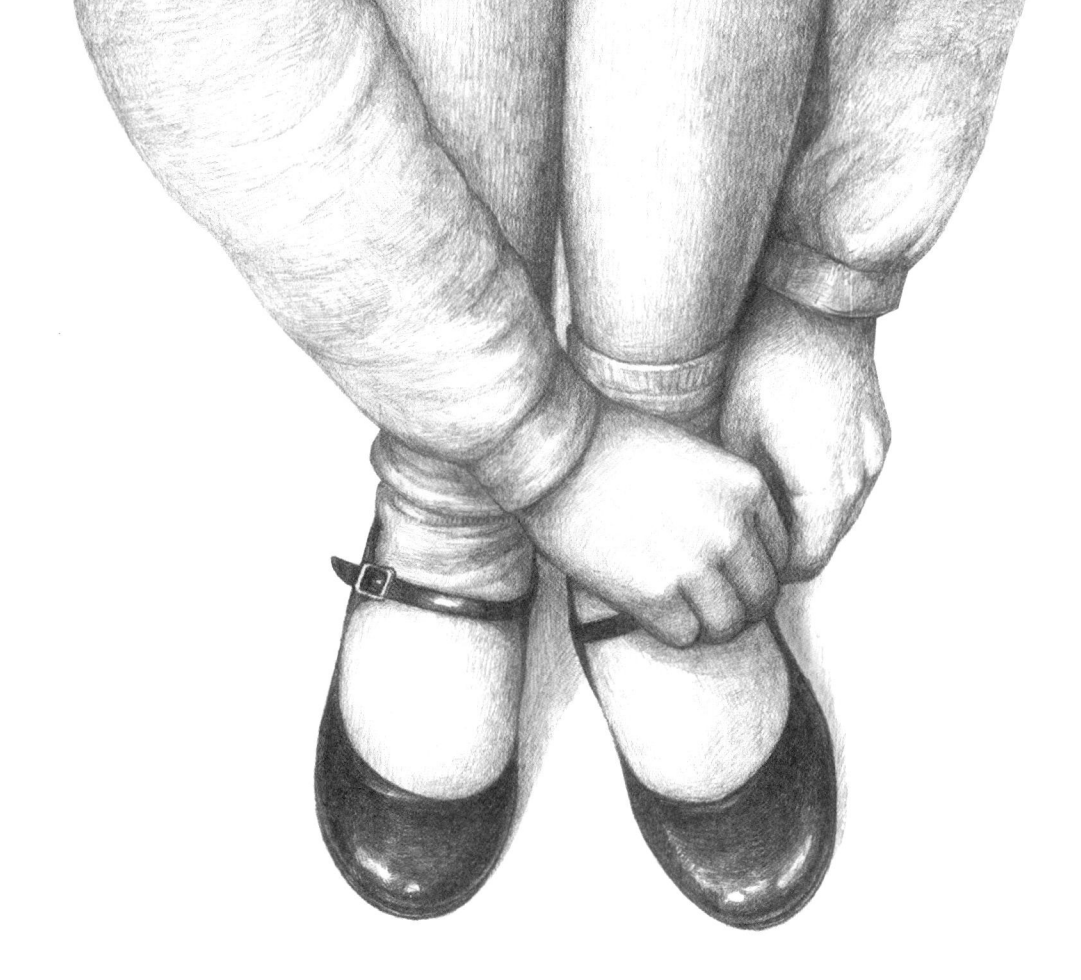

마침내, 현관 문을 열었어요.

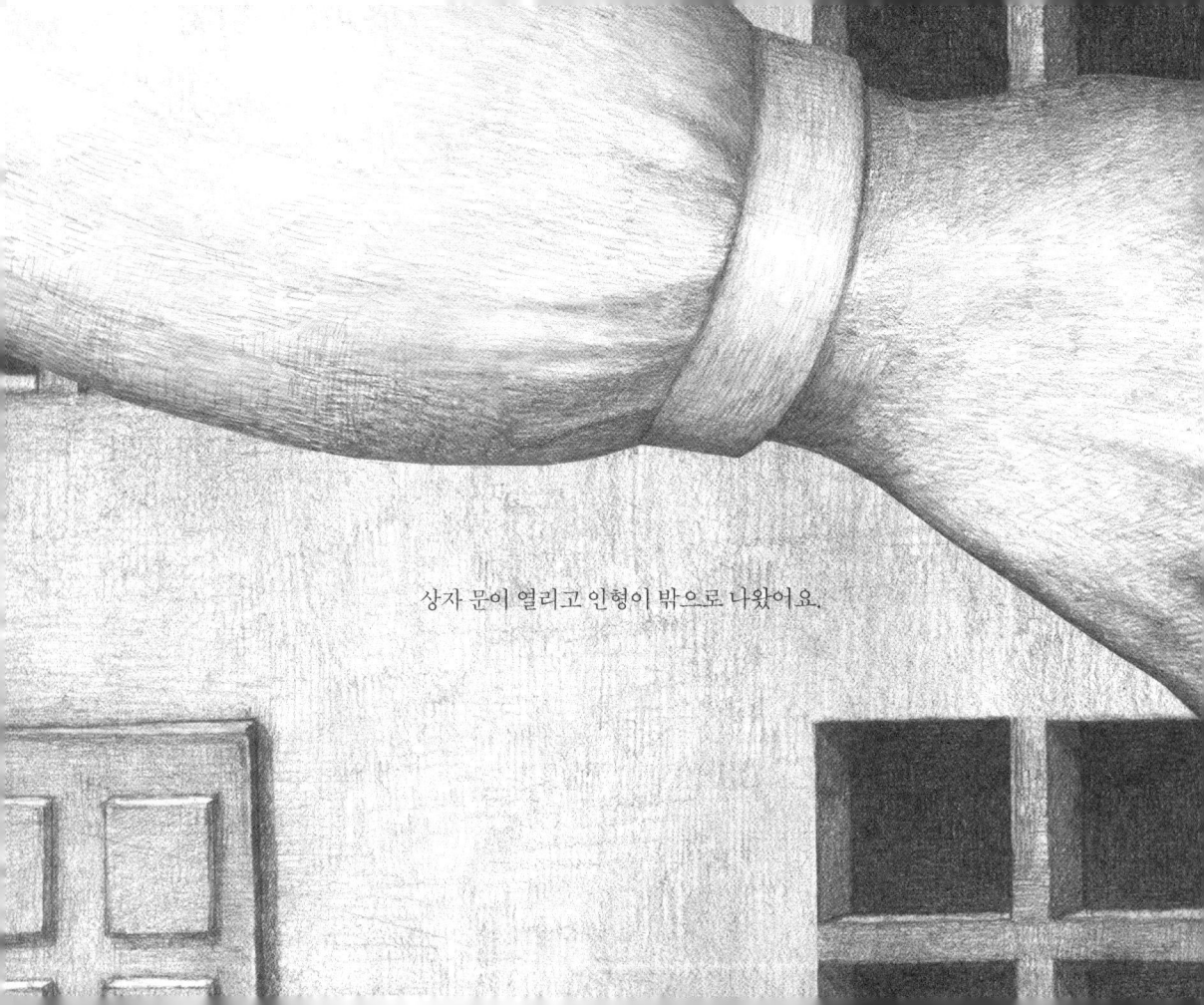

상자 문이 열리고 인형이 밖으로 나왔어요.

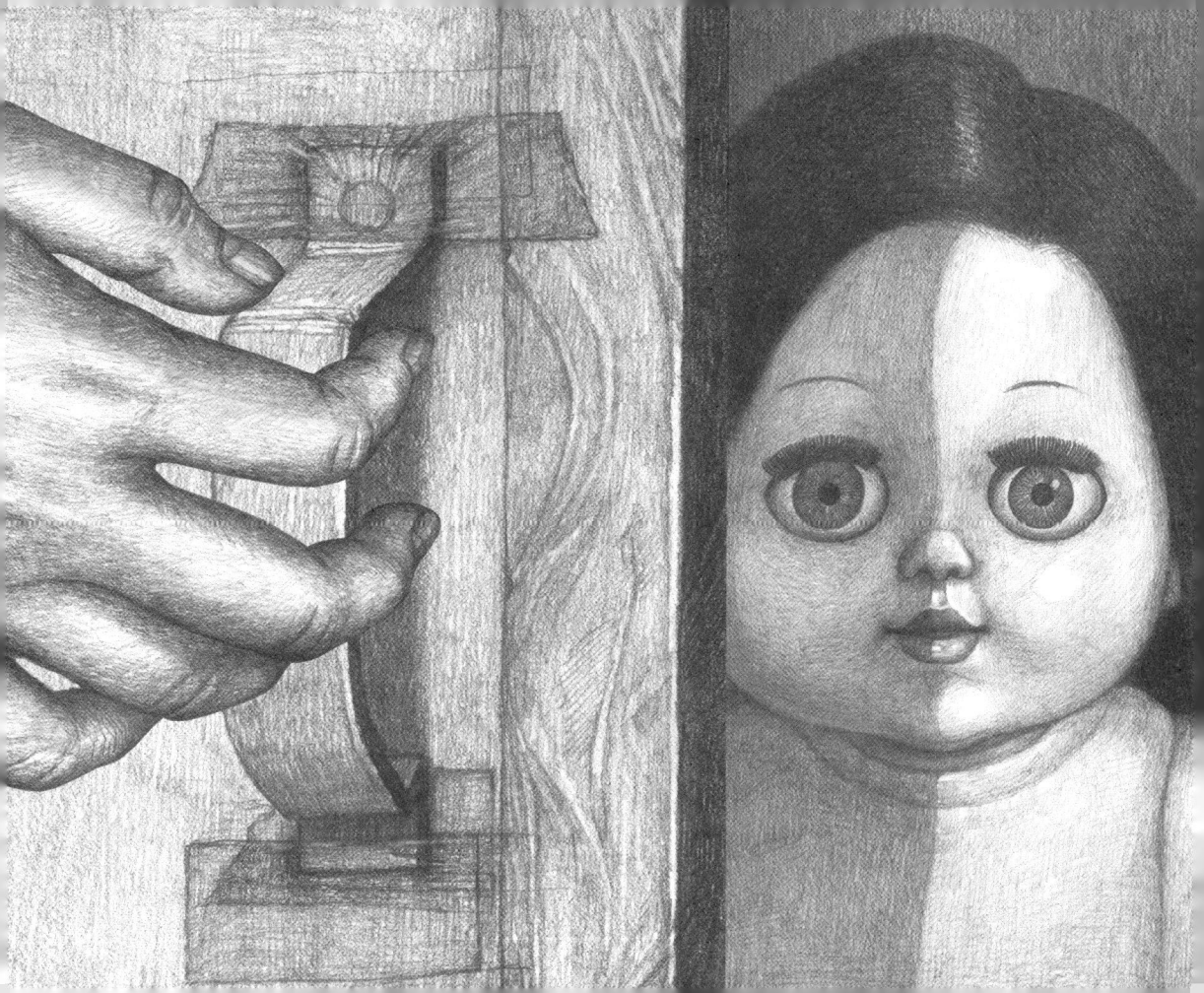

밝은 빛에 눈이 부셨어요.
볼에 닿은 따스한 햇살과 살랑살랑 불어오는 선선한 바람을 느꼈어요.

떠났었던 세 명의 여자 아이들이 유진을 바라보고 있었어요.

아이들의 눈에는 호기심이 가득했어요.

유진은 자신의 인형 상자를 열어
인형을 꺼내 아이들에게 보여 주었어요.

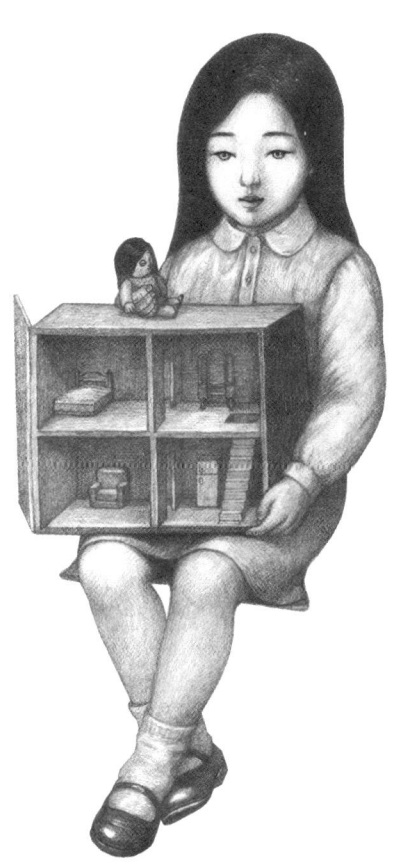

그리고, 유진은 아이들에게 인사 했어요.

"안녕!"

The end

정유미

www.joungyumi.com

ANIMATIONS

나의 작은 인형 상자
My Little Doll's House, 2006

먼지아이 Dust Kid, 2009

수학시험 Math Test, 2010

연애놀이 Love Games, 2013

BOOKS

먼지아이 Dust Kid, 2012

파라노이드 키드
Paranoid Kid, 2012

호랑이와 곶감
Tiger and Persimmon, 2014

나의 작은 인형 상자
My Little Doll's House, 2015

정유미 작가는 볼로냐 국제 아동 도서전에서 〈먼지아이〉와 〈나의 작은 인형상자〉로 2년 연속 라가치상을 수상하고, 자그레브 국제애니메이션 영화제에서 〈연애놀이〉로 그랑프리를 수상하면서 국내 외에서 주목을 받고 있다. 2015년 라가치상 픽션 부문 우수상을 수상한 〈나의 작은 인형 상자〉는 2006년, 단편 애니메이션으로 먼저 제작되어 세계 4대 애니메이션 영화제 중 하나인 히로시마 국제 애니메이션 영화제 경쟁 부문에 공식 초청되었고, 미장센단편영화제 최우수상을 받으며 작품성을 이미 인정 받았다. 2014년 한국출판산업진흥원 우수출판콘텐츠 제작지원작으로 선정되어 그림책으로 완성되었다.

 2014년 한국 그림 작가로는 처음으로 라가치상 대상(뉴호라이즌 부문)을 수상한 〈먼지아이〉는 2009년 단편 애니메이션으로 제작되어 깐느 영화제 감독 주간에서 첫 상영을 가졌고, 그 후 전세계 70여 개 이상의 영화제에서 상영되었다. 스티븐 스필버그가 어드바이저로 있는 뉴욕 햄튼 국제 영화제에서 최우수 단편영화상을 받았고, 크로아티아 타보 국제 영화제에서는 그랑프리와 최우수 애니메이션 상을 동시에 수상하는 등 국내외에서 10여 개의 주요 상을 받았다. 〈먼지아이〉는 유럽 공영 예술채널 Arte와 스페인 문화 채널 Televisió de Catalunya를 통해 유럽 7개국에서 방영되었다.

 2013년 〈연애놀이〉는 베를린 국제 영화제 단편 경쟁부문에 공식 초청받았고, 그 후 60개 이상의 국내외 영화제에서 초청 상영 되고 있다. 세계 4대 애니메이션 영화제 중 하나인 크로아티아 자그레브 국제 애니메이션 영화제에서 한국 애니메이션으로는 최초로 그랑프리를 수상했으며, 체코에서 열린 World Festival of Animated Film, Varna에서는 장편과 단편 애니메이션 중 단 한편에게 부여되는 대상인 그랑프리를 수상했다. 그 밖에도 Holland Animation Film Festival 단편 애니메이션 부문 그랑프리 수상 등 20여 개 주요 국제상을 휩쓸었으며, 〈연애놀이〉 역시 유럽 공영 예술채널 Arte를 통해 유럽 6개국에서 TV 방영되었다.

 2010년, 〈수학시험〉은 한국 애니메이션으로는 최초로 베를린 국제 영화제 단편 경쟁부문에 공식 초청받았고, 이후 세계 3대 단편영화제 중 하나인 핀란드 탐페레 국제단편영화제와 미국 아스펜, 스웨덴 웁살라, 스위스 시네마토 등의 국제 영화제에서 상영되었다. 〈수학시험〉은 유럽 예술채널 Arte를 통해 유럽 6개국에서 TV 방영되었다. 이 외에도 정유미 작가의 45일간의 그림일기를 담은 그림책, 〈파라노이드 키드〉는 스페인어로 남미 6개국에 출간되었다. 또한, 중국 메르디앙 출판사를 통해 출간한 한국 전래 동화 〈호랑이와 곶감〉은 중화 권 전역에서 판매되고 있다.

정유미 작품에 관한 고찰

요코타 마사오 (横田正夫, 니혼대학교수)

마사오 요코타 교수는 애니메이션과 만화에 관한 3권의 책과
66편의 논문을 발표해왔다. 현재 그는 일본 니혼대학에서
심리학 교수로서 애니메이션 연구에 집중하고 있으며,
애니메이션에 관한 강의를 하고 있다.

첫 머리에 | 정유미 감독의 작품은 여성의 심리 발달을 누구나 이해할 수 있는 형태로 표현하고 있다. 〈나의 작은 인형 상자〉(2006)에서는 가족으로부터의 독립을, 〈먼지아이〉(2009)에서는 혼자 독립해서 생활하며 자신과 마주보기를, 그리고 최신작〈연애놀이〉(2013)에서는 남녀의 연애를 각각 다루고 있다. 즉, 여성이 가족으로부터 독립하려고 하고, 혼자서 생활하며, 이성과 연애 관계를 갖는 발달 과정이 단계적으로 보여진다. 이 세 작품의 공통점은 모두 방 안에서 일어나는 일이라는 점이다. 다만 〈연애놀이〉에서는 땅에 네모를 그리고 그 네모난 공간 안에서 남녀가 신발을 벗고 들어감으로써 방이라는 공간이 암시된다. 이제 각각의 작품에 관해 살펴보기로 하자.

나의 작은 인형 상자 | 오랫동안 갖고 놀던 인형은 여성에게 자신의 분신과 다름없는 존재일 것이다. 이 작품에서도 인형이 소녀의 분신으로 등장한다. 더욱이 그 인형의 연기를 통해 가족 관계가 보여지기 때문에, 가족과의 관계가 단순화되며 그러면서도 추상성이 높아지고, 그렇기에 본질적인 요소가 추출되어 누구에게나 들어맞는 보편성이 도출되고 있다. 처음에 소녀는 인형을 가지고 인형의 집에서 나가려는 모습을 연기시킨다. 여학생 세 명이 소녀에게 말을 걸며 뭘 하고 있느냐고 물어보지만, 소녀는 인형 상자를 제 몸 뒤로 숨기면서 "아무것도 아냐"라고 대답하며 인간관계를 맺기를 피한다. 소녀가 다른 사람과의 관계 맺기에 서투르다는 것을 알 수 있다.

이러한 전제 위에서, 인형이 소녀 자신의 이야기를 연기하기 시작한다. 처음에는 침대 안이다. 곁에 또 다른 자신이 누워 있다. "같이 가지 않을래?" 하고 물어보자, 질문을 받은 또 다른 자신(요컨대 분신. 인형이 소녀의 분신일 뿐 아니라, 인형 역시 분신을 갖고 있는 액자구조가 보이고, 그만큼 지금 시대의 소녀의 마음이 복잡히디는 것을 암시하는 동시에, 이 구조를 읽어내기 위해 독자가 자신의 마음을 더 깊이 투영하게 한다.)은 여기는 아늑하니 나가지 않겠다고 한다. 소녀는 혼자서 침대를 빠져나와 옆 방으로 가기 전에 뒤를 돌아보는데 침대는 비어있다. 옆 방에는 거울 앞에서 화장을 하고 있는 여자가 있다. 이 여자는 소녀의 얼굴에 화장을 해주며, 이렇게 하면 예뻐질 거라고 말한다. 소녀는 여자에게 "같이 가지 않을래?"라고 물어보지만, 여자는 아직 뭔가 부족해 보여서 완벽해지고 나면 가겠다며 거절한다. 이 여자도 소녀의 분신이다. 소녀가 계단을 내려가려다 돌아보니 화장대 앞에는 아무도 없다. 아늑해서 나가기 싫

다거나 더 아름다워지고 싶다는 소망은 누구나 자연스럽게 갖는 감정이다. 그러나 그것에 얽매이면 다음 단계로 나아가지 못한다. 그러한 소망을 갖고 있다는 것을 직면화함으로써 마음이 안정될 수도 있을 것이다.

계단을 내려가 부엌으로 가자, 엄마가 간식을 내준다. 엄마에게도 "같이 가지 않을래?"하고 물어보자, 엄마는 자기가 없으면 모든 게 무너져 버릴지도 모른다며 거절한다. 이 엄마도 소녀의 분신이다. 부엌을 나가려다 돌아보니 거기에는 아무도 없다. 거실에 가니 아빠가 소파에 앉아 신문을 읽고 있다. 그리고 그는 집 밖에는 무서운 것들이 도사리고 있다며, 소파 주위에 외부로부터 침입한 무서운 것들이 둘러싸자 몸을 움츠리며 두려움에 꼼짝 못한다. 소녀는 그러는 아빠에게 사탕을 주려고 한다. 그런데 깨닫고 보니 아무도 없다. 아빠 역시 소녀의 분신이었다. 그렇게 이제 현관 앞까지 다다른다.

가족 구성원은 모두 가족 안에서 특정한 위치를 차지하고 있고, 그렇기 때문에 자신이 가족의 핵심이라는 의식을 어딘가에 갖고 있을 것이다. 그런 의식이 심화되면 자신이 없으면 가족이 엉망이 될 것이라고 믿어버린다. 엄마로서의 분신이 하는 말처럼 가족이 무너져 버릴 것이라고 착각하는 경우도 있을 것이다. 아빠는 아이에게 사회의 규칙을 가르치는 역할기능을 하지만, 그렇기 때문에 사회에 대한 공포를 심어주기도 한다. 그것은 오히려 아버지를 사회로부터 격리시키는 상황으로 이어지기도 한다. 이렇게 해서 은둔이 발생한다. 아버지가 말하는 사회로 나가는 것에 대한 공포는 세상으로  나가려는 사람이 갖는 보편적인 공포이다. 이러한 착각이나 공포가 커지면, 둥지를 떠나 사회로 가는 것을 방해하게 된다. 그러나 여기에서는 그러한 착각이나 공포를 소녀가 스스로 마주보고, 특히 공포에 대해서는 사탕을 주는 행동을 통해 스스로 진정시키려고 한다. 자신에게 존재하는 착각이나 공포를 직면하고, 의식화함으로써, 그러한 감정을 진정시켜 나간다.

소녀는 인형에게 연기를 시킴으로써, 또 그 인형이 자신의 분신을 본다는 액자구조를 통해서, 소녀의 심리상태가 잘 투영된다. 뿐만 아니라 현실 장면으로 되돌아 갔을 때, 소녀가 인형을 손에 들고, 관객이었던 여학생 세 명에게 인형의 손을 흔들며 인사한다. 소녀가 여학생들과 교류를 할 수 있게 된 것이며, 동시에 그것은 관객이었던 세 여학생 역시 자신들의 마음을 그 인형의 연기에 투영하고 있었으며 그녀들의 심리상태도 그 인형의 연기를 통해 의식화된 것이라고 생각한다.

  인형을 분신으로 사용함으로써, 연기를 시키는 소녀, 그 인형을 보고 있는 세 명의 여학생들, 나아가 일반 관객이 각각 액자를 이루고 있다. 그렇기 때문에 다양한 해석이 허용될 수 있게 되고, 관객에게 소녀의 심리에 대한 더욱 보편적인 이미지를 활성화시키게 된다. 스토리의 핵심은 인형이 자신의 분신을 만나고 그것을 뒤에 남기고 간다는 것이다. 여기서는 밖에 나가고자 하는 마음에 대해, 그것을 막으려고 하면서 그에 대한 다양한 저항이 발생하는 것을 보여준다. 자기자신은 침대 속의 안락함을 떠올리게 하고, 자신이 아름답지 않음을 떠올리게 한다. 가족은 가족이 붕괴되는 것과 십 밖의 공포를 말힌다. 이 모두 집 밖으로 나가려 할 때, 즉 자립하려할 때, 그것을 방해하기 위해 발생하는 힘을 나타내고 있다. 그러한 힘에 대해, 인형이 직면해 나가면 그러한 힘은 사라져 버린다. 여기에 인간 정신의 강인함이 있다. 그러한 직면이 가능하고, 방해하려고 하는 힘을 극복할 수 있었을 때, 한 사람의 인간으로서 타자와의 교류가 가능하게 된다. 즉, 인형을 매개로 하기는 했지만, 소녀는 관객인 세 여학생에게 인사를 할 수 있게 되었다. 이러한 단계를 거쳐, 가족으로부터 독립한 모습이 〈먼지아이〉에서 그려지게 된다.

먼지아이 | 〈먼지아이〉도 〈나의 작은 인형 상자〉와 마찬가지로, 침대에서 나오는 부분에서부터 시작된다.

  어느 날 밤, 침대에서 잠이 깬 여자는 창문을 열고 아직 날이 밝지 않은 동네 풍경을 바라본다. 개가 짖는 소리와 자동차 사이렌 소리가 들린다. 창문을 닫고 침대 위를 보니, 자신과 같은 모습의 그저 먼지같이 작은 분신이 있는데, 여자의 시선을 피하듯이 시트를 뒤집어쓰고 몸을 감추어 버린다. 이것은 〈나의 작은 인형 상자〉의 인형이 침대 위에서 자신의 분신을 본 것과 닮은꼴이다. 더우이 작은 분신은 여자의 눈을 피하듯 시트를 뒤집어써 버리므로, 침대 속에 있는 안락함에 침대를 빠져 나오지 못 하는 안일함을 추구하는 마음이 암시된다. 여자는 시트를 뭉쳐서 창 밖으로 내밀고 먼지를 창 밖에 털어버린다. 시트를 침대에 다시 깔고 접은 이불을 그 위에 놓는다.

  먼지의 분신이 타이틀인 〈먼지아이〉이다. 이 제목 그대로 먼지아이를 생각해 보면, 먼지란 것은 자신이 배설하는 것들까지 포함하며, 아이라는 것에서는 미숙하고 부족한 것이라는 이미지도 내포한다. 그러나, 등장하는 것은 먼지의 분신이다. 분신이므로 자신과 완전히 똑같은 모습인데 그저 사이즈가 먼지 크기일 뿐이다. 그렇기 때문에 제목이 나타내고 있는 것 이상으로 다양한 이미지를 여기에

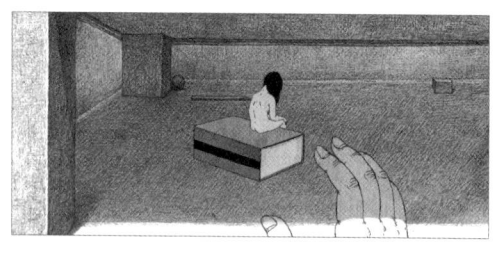

투영할 수가 있다. 다만 먼저 말해 두어야 할 것은 여기에서의 분신도 역시 하나의 해석에 불과하므로 다른 방식으로 생각할 수도 있다는 점이다.

한편 침대 밑에는 책이 쌓여 있고 컵 두 개가 놓여 있다. 침대 위에서 책을 읽고 음료수를 마신 듯한데 치우지 않은 채로 놓여 있다. 여자가 바닥에 걸레질을 하며 다가와서 침대 밑을 들여다보니, 먼지의 분신이 있다. 성냥갑에 걸터앉아 있다. 여자는 얼굴을 보려고 자기 쪽으로 돌려놓지만 그 때마다 먼지의 분신은 고개를 돌리고, 결국에는 성냥갑 속으로 들어가서 상자를 닫아 버린다. 여자는 먼지와 쓰레기를 한데 모아 손으로 뭉쳐서 쓰레기통에 버린다. 그 여자의 손에 다 쓴 성냥개비 일부가 보였다.

성냥갑에 앉아 있는 먼지의 분신은 여자가 잠이 깨어 침대에 앉은 모습과 닮은꼴을 이룬다. 고개를 떨구고 남에게 모습을 보이기 싫어서 들여다보려는 시선을 피하다가 결국, 성냥갑 속으로 들어가 버린다. 그것은 그대로 여자의 심리의 투영이기도 하다. 처음에 먼지의 분신이 시트를 뒤집어쓰는 것도 마찬가지다. 컵 두 개, 성냥갑, 성냥개피가 암시하는 것은 거기에 부재하는 사람을 암시하며, 암시되는 행동에 대한 후회(보여지기 싫다, 혹은 떠올리기 싫다는 것)까지도 암시한다. 그러한 것들을 뭉쳐서 버리는 것이므로 감정의 청산이라는 의미가 담겨 있다.

여자는 책과 컵을 안고 화장대 쪽으로 간다. 화장대 밑에 책을 놓고, 화장대 위에 어질러진 화장품을 정리하기 시작한다. 립스틱은 뚜껑이 덮여 있지 않아 드러난 채로 있어 뚜껑을 덮고 화장대 안으로 넣는다. 정리를 계속하다 보니 화장품 뒤에 또 먼지의 분신이 게으르게 드러누워 있는 것이 눈에 들어온다. 먼지의 분신이 여자의 시선을 알아차리고 일어나서 다른 화장품 뒤로 숨는다. 여자가 그것을 치우면 먼지아이는 다른 곳으로 총총거리며 옮겨 다니지만, 마침내 더 이상 숨을 곳이 없어지고 만다. 여자는 이 분신을 다른 쓰레기와 함께 손으로 뭉쳐 쓰레기통 속으로 던져 넣는다.

지저분한 화장대는 항상 아름다워야 한다는 강박관념의 이면일 것이다. 〈나의 작은 인형 상자〉에서는 분신에게 완벽하게 아름답지 않아서 밖으로 나갈 수 없다고 말하도록 시켰지만, 지저분한 화장대는 그러한 마음의 포기라고도

해석된다. 먼지의 분신이 지저분한 상태의 화장품 뒤에 누워 있었다는 것은 미에 대한 강박관념이 없는 것이 아니라, 그저 방치되었다는 것을 보여준다. 화장대 위를 정리하고 먼지의 분신을 쓰레기통 속으로 던져 넣음으로써 여성으로서 화장하는 일에 대한 의식화가 이루어지게 되는 것이다.

여자는 그릇을 가지고 부엌으로 이동한다. 그녀가 가로질러 가는 현관에는 잎이 시든 식물이 놓여 있고, 신발은 흐트러져 있다. 싱크대 앞의 선반에는 칫솔 두 개가 꽂혀 있는 컵이 있다. 선반 한 켠에는 사용하지 않은 컵이 놓여 있다. 싱크대 속에 놓여 있던 컵들을 씻어서 선반에 놓는다. 하는 김에 사용하지 않은 채 놓여있던 컵을 씻으려고 컵 속을 보니, 거기에 먼지의 분신이 앉아 있다. 여자는 컵을 씻어 버린다. 〈나의 작은 인형 상자〉에서는 엄마의 분신이 부엌을 깨끗하게 유지하고 있었다. 그에 비해 〈먼지아이〉에서는 설거지거리가 쌓여 있었다. 사용하지 않은 컵 안에 먼지의 분신이 있었던 것으로 보아, 부엌이 별로 사용되지 않았고, 또한 청결하게 유지되고 있지 않았음을 암시한다.

그 후에도 바닥을 닦으면서 식탁 밑으로 들어간다. 그러면 거기에 전선에 앉아서 사색에 잠겨 있는 먼지의 분신이 있다. 도망가려고 전선을 타고 가는 분신을 걸레로 붙잡는다. 여자는 걸레를 들고 욕실로 가서 걸레를 빤다. 그리고 입고 있던 옷들을 전부 세탁기에 넣고, 알몸으로 샤워를 한다. 더운 물이 흘러가는 배수구에는 빠진 머리카락이 쌓여 있다. 그것을 집어 들어서 보자, 머리카락을 헤치며 먼지의 분신이 얼굴을 내밀더니, 다시 머리카락으로 얼굴을 가려 버린다. 여자는 이 먼지를 변기에 흘려 보낸다. 옷을 갈아입은 여자는 쓰레기를 모아서 쓰레기 봉투에 넣고 집 밖으로 나간다. 방으로 돌아와서 방을 바라보니, 질서정연하게 정리되어 있다.

〈나의 작은 인형 상자〉에서 아빠의 분신은 집안까지 침입해 온 외부의 공포 이미지에 압도되어 몸을 웅크리고 있었다. 그러한 외부로부터의 침입이미지는 〈먼지아이〉의 질서정연하게 정리된 방에서는 전혀 느낄 수 없다. 먼지의 분신은 모두 깨끗하게 처리된 것이다. 이렇게 해서 정리가 다 되었다고 말하듯이 불이 꺼진다.

여기서 비로소 지금까지 불이 켜진 채로 있었음을 깨닫게 된다. 여자는 사실 불이 켜진 상태의 방에서 잠이 깨었다. 즉, 일을 하다 말고 도중에 그대로 잠이 들어버린 것이다. 그 사실을 기억나게 한 것이 바로 차례차례로 발견된 먼지의 분신이기도 했다. 그러한 먼지의 분신을 모두 정리함으로써, 방 정리가 되는 동시에 마음의 정리도 된다. 부재하는 것들과의 청산이며, 아름다워져야 한다는 강박관념이나 집안일과 같은 엄마 역할의 강요 같은 것들이 제대로 정리되고 나서야 불이 꺼진 것이었다. 그러나 정리가 된 방은 여자의 방으로서는 스산한 풍경이다. 벽을 꾸미기 위한 포스터도 TV도 없다. 간소하다. 생활의 냄새가 없다. 정말 여기에서 시간을 보내지 않고, 그저 자기 위해 들어오는 모양이다. 그러면서 침대 옆에 컵 두 개, 침대 밑에는 성냥갑과 다 쓴 성냥개피, 칫솔 두 개와 같이 암시적인 것들이 있다. 이러한 것까지 모두 정리된 단계에서 방의 불이 꺼진 것이며, 전체적으로 마음의 정리가 되었다고 하겠다.

여자는 식탁 위의 불만 켜고 이른 아침식사 준비를 시작한다. 가스레인지에 주전자를 올리고 불을 켠다. 테이블 위에는 냉장고에서 반찬 통에 담긴 그대로 반찬을 꺼내 늘어놓는다. 테이블 위의 테이프 레코더의 전원을 켜고, 다이얼을 조정하면 음악이 흐른다. 반찬 통의 뚜껑을 벗긴다. 여자는 눈을 감고 음악에 귀를 기울인다. 어쩌면 졸기 시작했는지도 모른다. 문득 깨닫고 보니 가스레인지에서 물이 끓어 넘치고 있다. 놀라서 일어서다가 전등갓에 머리를 부딪힌다. 그래서 전등 갓이 크게 흔들리고 있다. 가스레인지에서 돌아와 테이블 위를 보니, 공기에 담긴 밥 위에 전등갓에서 떨어진 먼지의 분신이 앉아서 밥알을 먹고 있다. 모두 정리한 줄 알았던 먼지의 분신이었다. 여자는 그 분신을 숟가락으로 떠내려고 하다가 그만두고 다른 하나의 공기에 밥을 담아 자기는 그것을 먹기 시작한다.

방을 깨끗이 한 후에 여자는 식사를 준비를 하고, 음악에 귀를 기울인다. 그러나 물이 끓어 넘치는 것에 동요하여 먼지의 분신을 보게 되고 말았다. 마음이 동요하면 그 마음을 상징하기라도 하듯 먼지의 분신이 나타났다. 그러나 여기에서는 그 전까지 먼지의 분신을 처리했던 것과 달리, 먼지의 분신을 그대로 내버려 둔다. 이러한 행동의 차이는 무엇에 기인하는 것일까.

그때까지의 먼지의 분신은 여자로부터 고개를 돌리거나 여자를 피하려고 했다. 각각의 행동이 암시하듯이 여자에게 분신은 받아들이기 어려운 존재로 나타나고 있다. 거부하고 싶은 자신의 일면만 눈에 보이고 있었다. 이와 달리, 밥 위의 먼지의 분신은 조금도 동요하지 않고 밥을 계속 먹었다. 그 행동에는 여자를 피하려고 하는 것이 아니라 사는 것(먹는 것)에 대한 적극성이 있다. 여자는 이 먼지의 분신을 받아들인다. 요컨대, 자기자신 안에서 진취적인 일면을 이끌어냈다. 자기수용이 된 것이다.

이렇게 살펴보다 보니 〈나의 작은 인형 상자〉에서 〈먼지아이〉에 걸쳐서 그려진 내용에는 큰 진전이 확인된다. 전자에서는 집을 나오는 것을 방해하려는 마음의 표현으로서 분신이 나타나 밖으로 나가려고 소망하는 여자아이의 마음을 말리려고 했다. 이러한 마음을 있는 그대로 응시함으로써, 밖으로 나가는 것에 대한 심리적인 준비가 가능했다. 이것을 인형이라는 분신이 연기하고 있었다. 이에 비해 〈먼지아이〉는 독립 생활을 하고 있는 밤, 깨고 나서 먼지와 같은 분신을 보았다. 새벽에 가까운 밤에 잠이 깨었다는 것은 마음의 심층에 더욱 접근하기 쉬운 상태이다. 그렇기 때문에 마음의 심층에 있는 자아가 받아들이기 힘든 부분이 홀연히 나타나 그 청산을 요구해 왔다. 분신의 행동은 여자의 심리적 한 부분의 직면화로 이어지고, 여자는 그것을 정리함으로써 마음이 정리되어 간다. 이러한 마음의 성리 방식은 보편적인 것이다. 보편적이라는 것을 더욱 강하게 암시하는 것은 위와 같이 방을 전혀 꾸미지 않아, 장식품의 취향이 말해주는 개성을 느끼지 못하도록, 거의 완전히 배제하고 있는 것에도 기인한다. 그리고 여자가 마음 속에 사랑스러운 일면을 이끌어낸(식사를 함께 할 수 있는 먼지 분신을 얻은 것) 것은 삶의 활력으로 이어진다.

이렇게 해서 자아를 수용할 수 있었던 여자의 다음 단계는 이성과의 관계구축일 것이다. 그리고 그러한 이성과의 관계를 그린 것이 〈연애놀이〉이다.

연애놀이 | 〈연애놀이〉의 도입부는 한 쌍의 커플이 다가와서 여자가 돌을 가지고 땅에 네모를 그리는 것부터 시작된다. 두 사람은 이 네모 속에 구두를 벗고 들어간다. 방 안에 신을 벗고 들어가는 것과 같은 것이다. 두 사람은 같이 앉고, 여자가 핸드백 속에서 컵과 주전자를 꺼낸다. 그리고 흙을 파서 주전자에 넣고 컵에 따라 그것을 남자에게 건넨다. 남자는 마시는 시늉을 하다가, 컵 안의 흙을 바지에 흘려버린다. 남자는 종이접기를 시작하고, 종이접기로 꽃을 만든다. 여자는 그것을 귀에 꽂고 남자에게 보여 주려고 눈을 맞추려 하지만, 남자는 종이접기에 열중해서 여자를 보지 않는다. 여자를 보지 않은 채 남자가 만드는 종이 꽃이 늘어간다. 너무 많아지자 여자는 남자의 손을 저지한다. 남자가 보니 여자의 머리는 온통 종이 꽃이다. 이렇듯 남자는 여자와의 사이의 게임을 제대로 진행하지 못하고 다시 자기의 세계에 몰입하여 여자를 무시하고 만다.

그 후에도 목덜미를 손가락으로 건드려 그 손가락을

맞추는 게임, 위에 매단 비스킷을 함께 묶은 방울을 의지해서 눈을 가린 상태로 먹는 게임, 눈을 가린 남자를 휘파람으로 유도해서 자신을 잡게 하는 게임 등을 한다. 그러나 모든 게임에서, 여자는 남자한테 키스를 받고 싶어하거나 잡아줬으면 하지만 그 마음이 잘 전달되지 않는다. 손목 잡고 당기기에서는 남자가 진지하게 몰입한 여자의 손을 갑자기 놓아버리자 여자가 쓰러져서 게임이 망쳐진다. 병원놀이에서는 남자가 여자의 몸에 청진기를 대는데, 여자는 눈물이 흘러내린다. 남자는 손수건으로 그것을 닦는다. 얼굴에 붕대가 감기자 여자는 울음을 터뜨린다. 남자가 손수건으로 닦으려고 하지만 여자는 거부한다. 시체놀이에서는 남자가 죽은 척을 한다. 여자가 몸을 들어올리려고 하지만, 남자는 끝까지 몸의 힘을 뺀 채로 있다. 여자는 남자를 어깨에 짊어지고 일으켜 세우려고 하지만 그마저 되지 않자 눈물이 터져 나온다. 여자는 남자를 남겨두고 신을 신고 혼자 떠나버리려고 하다가 남자의 구두를 한참 바라본다.

그리고는 남자의 구두를 그의 옆에 가져 간다. 이제서야 남자도 일어나, 신을 신는다. 남자는 손 안에 종이 꽃을 들고 있고, 그것을 여자의 머리카락에 꽂아준다. 남자가 손을 내밀자 여자는 그 위에 손을 올리고, 두 사람은 손을 잡고 사라져 간다.

이상에서 살펴 본 것처럼 〈연애놀이〉에서는 남녀가 방을 모방한 공간 속에서 게임을 통해 남녀의 관계를 상징적으로 나타낸다. 그 모든 게임이 미묘하게 맞아떨어지지 않는다. 그러한 불일치는 일상적인 남녀 관계 속에서 누구나가 체험하는 보편적인 것이다. 남자의 무신경함에 눈물을 흘리고, 남자의 몰이해 때문에 이대로 두고 가 버릴까 생각하지만, 그래도 앞으로 함께 나아가자는 듯이 그에게 구두를 내미는 것은 여자였다.

앞으로 나아가자는 여자의 행동이 시체놀이 이후에 나타나는 것은 상징적이다. 앞으로 나아가기 위해서는 그때까지의 관계가 일단 죽어야만 한다고 말하는 것 같다. 〈나의 작은 인형 상자〉에서는 여자가 뒤돌아보면 분신이 사라지는 체험이 반복되고 있었다. 이것도 상징적으로 보면 분신의 죽음을 체험하고 있었다고도 파악되며, 〈먼지아이〉에서 먼지의 분신을 쓰레기로 버리는 것 역시 마찬가지로 죽음을 체험한 것으로 볼 수 있다. 마찬가지로 그때까지의 관계가 한번에 청산되면서, 즉, 시체놀이에서 죽음을 체험함으로써 새로운 관계가 탄생하게 되었다. 바꾸어 말하면 죽음과 재생이 반복되고 있었던 셈이다.

다만 이번에는 시체놀이는 남자에게 일어난 일이었다. 그리고〈먼지아이〉에서는 함께 식사를 함으로써 자아의 일면을 수용할 수 있었는데,〈연애놀이〉에서는 남자에게 신을 가져다 주는 여자의 움직임에 의해 앞으로 나아갈 수가 있었다. 즉,〈연애놀이〉의 행방을 좌우하는 것이 여자의 배려였다. 여기서도 여성이 살아가기 위한 주장이, 드러내놓고 주장하는 것은 아니지만 남성에 대한 분명한 자기주장이 있다.

이러한 자기주장을 가능하게 하는 것이 바로〈먼지아이〉에서 제시된 것처럼 먼지의 분신의 수용(죽음과 재생)과 같은 자기수용이라고 생각된다. 어떤 일이 있어도 무너지지 않는 자기 자신이 미묘하게 어긋나는 남녀의 관계를 잘 지탱하게 하는 것이라 하겠다.

끝으로 |〈나의 작은 인형 상자〉,〈먼지아이〉,〈연애놀이〉, 이렇게 세 작품을 늘어놓고 보면, 거기에는 여성의 자립을 둘러싼 발달 과정이 훌륭히 묘사되어 있음을 이해할 수 있다. 가족으로부터 독립하며 혼자 사는 생활을 시작하고 이성과의 친밀한 관계를 맺는 것은 청년기로부터 성인기에 걸친 심리학적인 발달 과정이며, 그러한 발달 과정을 상징적으로, 그렇기 때문에 보편적인 것으로 그려낸 것이 정유미의 작품이다. 이러한 작품을 충분히 맛봄으로써 자기도 모르는 사이에 마음의 정리가 되고 삶에 대한 적극적인 자세가 솟아나게 된다. 어려움에 직면한 사람에게는 마음을 정리하는 실마리를 발견하게 하고, 그러한 시절을 지나온 사람에게도 과거를 뒤돌아보고 그 의미를 재발견하게 하는 좋은 계기를 마련해 준다. 앞으로의 작업이 더욱 발전하기를 기대해 본다.(번역 : 손정임)

나의 작은 인형 상자

초판 1쇄 발행 2015년 10월 2일
초판 2쇄 발행 2016년 10월 12일

글·그림 | 정유미 www.joungyumi.com

아트디렉팅·디자인 | 로그 www.studio-log.com
프로듀싱 | 김기현
번역 | 벤 잭슨
마케팅 | 배운기

UMI × CULTURE PLATFORM
서울시 마포구 월드컵북로2길 65, 5층 LS30 (우 121-816)
Tel. 1577-7180 | Mob. 010-2830-7388 | Fax. 02-6455-1219 | 카카오톡 ID. 컬처플랫폼
cultureplatform@gmail.com | www.cultureplatform.com

이 책은 한국출판문화산업진흥원의
2014년 우수 출판 콘텐츠 제작 지원 사업 선정작입니다.

2015 ⓒ 정유미
이 책에 실린 모든 글과 그림은 저작권법에 의해 보호받는 저작물이므로
무단 전재와 복제를 금합니다. 이 책 내용의 전부 또는 일부를 이용하려면
반드시 저작권자의 동의를 받아야 합니다.

ISBN 979-11-954032-6-4 03800